KB069724

승부

Ein Kampf

승부

파트리크 쥐스킨트 지음 장자크 상페 그림 박종대 옮김

EIN KAMPF
by PATRICK SÜSKIND

Copyright (C) 1995, 2019 by Diogenes Verlag AG Zürich
Korean Translation Copyright (C) 2020 by The Open books Co.
All rights reserved.

This Korean edition is published by arrangement with
Diogenes Verlag AG Zürich through Shinwon Agency.

이 책은 실로 꿰매어 제본하는 정통적인 사철 방식으로 만들어졌습니다.
사철 방식으로 제본된 책은 오랫동안 보관해도 손상되지 않습니다.

대부분의 사람이 벌써 공원을 떠난 8월의 어느 초저녁, 뤽
상부르 공원 북서쪽 구석의 한 정자에 두 남자가 아직 체스
판을 마주하고 앉아 있다. 주변에는 족히 열 명은 넘어 보이
는 구경꾼이 긴장되고 흥미로운 표정으로 두 사람의 승부를
지켜보는데, 저녁 식사 전 입맛을 돋울 아페리티프를 한잔할
시간이 점점 다가오는데도 누구 하나 승부가 끝나기 전에는
이곳을 떠날 생각을 하지 않는다.

구경꾼들의 관심은 온통 도전자에게 쏠려 있다. 까만 머
리에 파리한 얼굴, 상대를 깔보는 듯한 짙은 눈의 젊은이다.
남자는 한마디도 하지 않는다. 표정 변화도 없다. 이따금 불
을 붙이지 않은 담배를 손가락 사이에 넣고 이리저리 뱅뱅
돌리기만 한다. 전체적인 인상은 세상 모든 일에 관심이 없
어 보이는 냉담함이다. 남자를 아는 사람은 없다. 지금껏 남
자가 이 근방에서 체스 두는 걸 본 사람도 없다. 그런데도 남

자가 창백하고 냉담한 표정으로 말없이 체스판 앞에 앉아 말을 놓는 순간부터 강력한 카리스마가 뿜어져 나왔다. 그를 본 사람이라면 누구나 여기 지금 천재적인 재능을 가진 엄청난 인간이 왔다는 확신에 사로잡힐 정도다. 이런 느낌은 어쩌면 젊은이의 매력적이면서도 쉽게 범접하기 어려운 외모와 기품 있는 옷차림, 균형 잡힌 몸매에서 비롯된 것인지 모른다. 그게 아니면 거동에 밴 침착함과 자신감 때문일 수도 있고, 아니면 그를 에워싼 특별하고도 낯선 분위기 때문일 수도 있다. 어찌 됐건 구경꾼들은 체스판에 첫수가 두어지기 전에 이미 이 남자가 지금껏 자신들이 내심 기대해 온 기적, 즉 이 동네 체스 챔피언을 무너뜨리는 기적을 모두에게 보여 줄 재야의 숨은 고수임을 믿어 의심치 않는다.

체스 챔피언은 모든 점에서 젊은 도전자와는 딴판이다. 체구는 왜소하고 얼굴은 어디 내놓기 민망할 정도로 못생긴 일흔 정도의 노인이다. 옷도 프랑스 퇴직자들이 즐겨 입는 파란색 바지에 모직 조끼 그리고 어디 소속인지 금방 드러나는 유니폼을 입고 있는데, 상의에는 음식물을 흘린 흔적이 군데군데 보인다. 딸기코에 머리숱은 적고, 파르르 떠는 손에는 곳곳에 검버섯이 피어 있으며, 얼굴에는 자줏빛 혈관이 불거져 있다. 거기다 면도까지 하지 않아 도대체 오라*aura*라고 할 만한 것은 찾아보려야 찾아볼 수가 없다. 그는 담배 꽁초를 신경질적으로 뻑뻑 빨고, 의자 위에서 잠시도 가만있지 못하고 이리저리 엉덩이를 비비고, 무슨 생각이 많은지

쉴 새 없이 머리를 흔들어 댄다. 둘러선 구경꾼치고 이 남자를 모르는 사람은 없다. 모두 그와 체스를 둔 적이 있고, 그때마다 번번이 무릎을 꿇었다. 챔피언은 천재적 체스꾼과는 거리가 멀지만, 대신 도무지 실수라는 것을 몰라 상대방 스스로 진이 빠져 허우적대다가 분개해서 나가떨어지게 하는 타입이다. 게다가 그에게는 어떤 형태의 방심도 기대할 수 없다. 그를 이기려면 오직 그보다 체스를 더 잘 두는 수밖에 없다. 그런데 바로 오늘 그런 일이 일어날 것 같은 예감이 든다. 새로운 고수가 자기들 앞에 홀연히 나타난 것 같기 때문이다. 지금까지는 말도 안 되는 소리였지만, 이제야말로 저 능구렁이 같은 인간을 교묘한 수로 속이고, 몰아붙이고, 박살을 내고, 완전히 깔아뭉갤 고수가 나타났다는 생각이 든다. 그래서 저 인간이 고개를 숙이고 패배의 쓴맛을 보는 일만 일어난다면 지금껏 그들이 당한 숱한 패배에 대한 통쾌한 복수가 될 거라고 생각한다.

「조심하게, 장!」

기물의 배치가 끝나고 판이 시작되자 구경꾼들이 한마디씩 한다.

「이번에는 만만찮은 상대가 아닌 것 같아!」

「자네가 당해내지 못할 수도 있어!」

「게다가 오늘은 워털루 전투가 있었던 날이네! 조심하게, 장. 나폴레옹이 오늘 박살이 났다고!」

「어쩌라고, 알았으니까 그만해.」

가만히 듣고 있던 노인이 이렇게 대꾸하더니 머리를 흔든다. 그러고는 머뭇거리는 손놀림으로 흰색 폰[1]을 한 칸 앞으로 움직인다.

검은 말을 쥔 낯선 젊은이가 둘 차례가 되자 일순 조용해진다. 누구도 그를 향해 감히 말을 건네지 못하는 듯하다. 사람들은 그저 눈치만 보며 소심하게 관찰할 따름이다. 예를 들어 그가 체스판 앞에 말없이 앉아 자신만만하게 기물들을 내려다보는 모습이며, 불도 붙이지 않은 담배를 손가락 사이에서 돌리는 모습하고, 또 자기 차례가 되면 자신감 넘치는 동작으로 신속하게 말을 움직이는 모습을 말이다.

처음 몇 수는 평범하다. 이어 폰의 교환이 두 차례 일어나고, 이 교환 끝에 흑 진영에서는 한 줄에 폰을 앞뒤로 나란히 배치하는 더블드 폰*doubled pawns* 형태가 나온다. 일반적으로 좋지 않은 것으로 평가받는 형태다. 그러나 도전자는 퀸에게 길을 터 주려고 일부러 이 형태를 감수한 게 분명하다. 이어진 폰의 희생도 분명 그런 목적에서 비롯된 듯하다. 때늦은 갬비트[2]라고 할까! 백은 머뭇거리며, 아니 거의 겁먹은 듯 조심조심 응수한다. 구경꾼들은 신중하게 고개를 끄덕거리면서 의미심장하고 흥미로운 눈길로 도전자를 바라본다.

젊은 이방인은 담배를 돌리던 행동을 일순 멈추더니 손을

1 *pawn*. 장기의 졸에 해당한다. 이하 모두 옮긴이의 주이다.
2 *gambit*. 자신에게 유리한 상황을 조성하려고 초반에 일부러 말을 희생하는 수.

들어 앞으로 내민다. 역시 다음 수는 퀸이다. 퀸이 단번에 적진 깊숙이 돌격하면서 전장이 한순간에 둘로 쪼개지는 듯하다. 곳곳에서 대단하다는 듯 인정의 헛기침이 터져 나온다. 얼마나 멋진 수인가! 얼마나 놀라운 기백인가! 그렇다, 젊은 이가 퀸을 움직일 거라고는 누구나 예상했다. 하지만 한달음에 그렇게 멀리까지 치고 들어가리라고는 예상하지 못했다. 주변에 둘러선 구경꾼들은 하나같이 체스를 좀 둔다는 사람들이지만 이제껏 이런 수를 실전에서 둔 적은 없다. 이게 바로 진정한 고수의 포스가 아니고 무엇이겠는가! 모름지기 고수란 어느 순간이건 독창적이고 위험한 수를 과단성 있게 두는 사람이다. 어디서나 볼 수 있는 보통 체스꾼과는 차원이 다르다. 때문에 일반 체스꾼은 고수의 수를 일일이 이해하려고 할 필요가 없다. 사실 이해하려고 해도 이해가 되지 않는다. 현재 상황이 그렇지 않은가! 지금 퀸이 왜 굳이 저 위치에 있는지 아무도 이해하지 못한다. 퀸은 지금 상대에게 어떤 실질적 위협도 주지 못하고, 그저 안전하게 보호받고 있는 말들을 공격하는 시늉만 할 뿐이다. 그러나 사람들은 하나같이 이렇게 믿는다. 이 수의 깊은 의미와 목적은 곧 드러날 거야. 고수한테는 다 계획이 있어. 허투루 두는 수는 없어. 그건 확실해. 구경꾼들은 미동도 없는 이방인의 표정과 침착하고 자신감에 찬 손놀림에서 더더욱 그런 확신을 얻는다. 이제껏 이 남자에 대해 의심을 완전히 떨쳐 내지 못하고 있던 사람조차 이 파격적인 퀸의 행마 이후로는 지금 여기서

체스를 두는 청년이 쉽사리 만나기 힘든 고수임을 의심치 않는다. 반면에 늙은 챔피언 장에게는 고소함이 뒤섞인 동정이 쏟아진다. 챔피언은 젊은 도전자의 이런 야성적 패기에 어떻게 대응할까? 답은 다들 알고 있다. 그들이 아는 챔피언은 분명 조심조심 이 애매한 궁지에서 벗어나려고 할 것이다. 신중한 지연 전술이다. 역시 아니나 다를까, 장은 꽤 기나긴 망설임과 고민 끝에 상대의 과감한 수에 어울릴 법한 대범한 수를 선택하는 것이 아니라 흑의 퀸이 돌진하는 바람에 무방비 상태가 된 H4의 폰을 잡아먹는다.

젊은이는 재차 폰을 잃고도 눈 하나 깜짝하지 않는다. 오히려 한 치의 망설임 없이 퀸을 오른쪽으로 움직여 적진의 심장부로 파고들더니 거기다 진을 친다. 거기서는 나이트와 룩을 동시에 공격할 수 있을 뿐 아니라 적의 킹도 사정권에 들어온다. 구경꾼들의 눈에 경탄의 빛이 반짝거린다. 이럴 수가, 정말 얼마나 대단한 청년인가! 대체 어디서 저런 용기가 난단 말인가!

여기저기서 수군거리는 소리가 들린다.

「역시 프로야, 프로!」

「절정의 고수군!」

「체스계의 사라사테[3]야!」

사람들은 장의 응수를 초조하게 기다린다. 장이 어떤 수

3 Pablo de Sarasate(1844~1908). 에스파냐 태생의 유명한 프랑스 작곡가 겸 바이올린 연주자. 일찍이 바이올린의 신동으로 알려졌으며, 아름다운 음색과 기교적 연주로 유명하다.

를 두는지 궁금해서라기보다 흑의 다음 행마가 더 궁금해
서다.

장은 망설인다. 머리를 쥐어짜면서 스스로를 고문한다.
의자 위에서 몸을 비틀고, 머리를 움찔거린다. 그런 모습은
보는 것만으로 고통이다. 말을 움직여, 장, 어서 움직이라고.
언제까지 안 두고 있을 거야? 진행을 방해하지 마!

드디어 장이 떨리는 손으로 말을 움직인다. 나이트를 흑
의 퀸 공격권에서 벗어나게 할 뿐 아니라 오히려 자기 위치
에서 퀸을 위협하는 동시에 룩을 엄호하는 칸으로 옮긴다.
뭐, 나쁜 수는 분명 아닌 듯하다. 이런 곤란한 상황에서 다른
수는 없어 보인다. 사실 여기 둘러서 있는 우리라도 모두 그
렇게 두었을 것이다.

「그래도 소용없을걸!」

누군가 수군거린다.

「흑은 그 수를 벌써 예상했을걸!」

아니나 다를까, 젊은이의 손은 벌써 매처럼 전장 위를 스
르르 미끄러지더니 퀸을 집는다. 아, 그런데 이 무슨…… 이
무슨…… 예상치 못한 수인가! 우리라면 당연히 불안해서라
도 퀸을 후퇴시켰을 터인데, 그는 그러지 않고 퀸을 오른쪽
으로 한 칸 움직이고 만다. 눈으로 보고도 믿기지 않는다. 다
들 감탄으로 몸이 뻣뻣이 굳는다. 물론 이 수가 실제로 어디
에 도움이 되는지 아는 사람은 없다. 왜냐하면 이제 퀸은 전
장의 변두리에서 어떤 적도 위협하지 못하고 어떤 아군의 말

도 엄호하지 못한 채 그냥 무의미하게 홀로 서 있는 셈이기 때문이다. 그런데 이게 또 무슨 조화인지, 그렇게 서 있는 모습이 아름답다. 처연하도록 아름답다. 이제껏 적진 한가운데에서 저렇게 아름답고, 저렇게 고독하고도 당당하게 서 있던 퀸은 없었다. 장도 이 섬뜩한 상대가 어떤 목적으로 이 수를 두었는지 전혀 모르겠다는 눈치다. 어떤 함정을 파놓고 기다리는 것일까? 장은 마음이 영 개운치 않지만 장고 끝에 드디어 결정을 내려 이번에도 무방비 상태로 노출된 다른 폰을 친다. 구경꾼들이 헤아려 보니 이제 백은 흑보다 폰이 세 개 더 많다. 그만큼 형세가 유리하다. 하지만 그게 무슨 의미가 있겠는가! 전략적 사고를 하고, 단순히 말 몇 마리의 생사가 아니라 배치나 전망, 그리고 번개 같은 기습을 중시하는 그런 적에게 알량한 수적 우세가 무슨 소용이겠는가! 조심해, 장! 한낱 폰이나 사냥하고 있다가 앞으로 몇 수 안에 왕이 쓰러질지도 몰라!

이제 흑이 둘 차례다. 이방인은 차분하게 앉아 또다시 손가락 사이에서 담배를 돌린다. 이전보다 고민이 더 깊다. 1분, 아니 2분이나 지났을까! 그사이 체스판을 사이에 두고 완벽한 정적이 흐른다. 주변에 서 있는 사람들도 감히 누구 하나 입을 열 생각을 하지 않는다. 체스판을 내려다보는 사람도 거의 없다. 다들 팽팽하게 긴장한 채 젊은이만, 젊은이의 손과 창백한 얼굴만 바라본다. 혹시 방금 그의 입가에 회심의 미소가 살짝 스쳐 지나갔을까? 크나큰 결정을 앞두고

방금 콧방울이 살짝 부풀어 오른 건 아닐까? 다음 수는 무엇일까? 이 고수는 어떤 치명적 반격을 준비하고 있을까?

드디어 이방인이 담배를 돌리던 움직임을 뚝 멈추고 앞으로 몸을 내민다. 스무여 개의 눈이 그의 손을 따라간다. 다음 수는 어디일까? 어떤 수가 나올까? 젊은이가 G7 칸에 있는 폰을 집어 드는 순간…… 아, 누가 이 수를 예상했을까! 젊은이가 G7의 폰을 집어 그냥…… G6로 움직일 거라고 누가 예상했을까!

숨소리 하나 들리지 않는 적막이 이런 것일까? 끊임없이 몸을 떨고 흔들던 장조차 순간적으로 움직임을 뚝 멈춘다. 구경꾼들의 입에서 탄성이 터져 나온다. 다들 참았던 숨을 후 하고 내뱉는 동시에 팔꿈치로 옆에 선 사람의 옆구리를 쿡 찌른다. 방금 이 수 봤어? 이렇게 영리한 친구를 봤나! 거 보라니까! 퀸은 퀸대로 놔두고, G7의 폰만 G6로 옮길 거라고 누가 생각이나 했겠어? 이건 G7 칸을 비워서 비숍에게 길을 터주려는 거야. 그건 분명해. 그리고 다음 수에서 체크[4]를 부르겠지. 그럼 그다음엔? 그다음엔…… 그다음엔…… 어떻게 되는 거지? 그래, 또 어찌어찌 될 거야. 방법은 모르겠지만 어쨌든 가장 빠른 수로 상대를 단번에 제압해 버릴 거야. 그건 분명해. 장, 저 친구 지금 완전히 머리가 돌 지경일 거야. 고민하는 거 좀 봐!

4 장기에서 상대편 왕이 내 말의 사정권에 직접적으로 들어왔을 때 예의상 〈장이야!〉라고 부르는데, 이때 체스에서는 〈체크!〉라고 외친다.

실제로 장은 하염없이 생각에 잠긴다. 절망에 빠진 인간의 모습이 이럴까! 그는 이따금 앞으로 손을 내밀려고 하다가 이내 다시 손을 거두어들인다. 뭐 해, 어서 안 두고! 빨리 둬! 우린 저 고수의 다음 수를 보고 싶다고!

5분이나 흘렀을까, 사람들은 더 이상 못 참겠는지 발로 땅바닥을 비비며 노골적으로 안달을 낸다. 사람들의 재촉이 느껴졌는지 장이 마침내 말을 집는다. 이번에는 퀸에 대한 공격이다. 폰으로 흑의 퀸을 공격한 것이다. 그렇게 오랜 시간을 질질 끌더니 겨우 이런 수로 절체절명의 위기에서 벗어나려고 하다니, 참으로 유치하기 짝이 없어 보인다. 흑은 이제 두 칸 물러나기만 하면 된다. 그러면 상황은 변치 않는다. 장, 자넨 이제 끝이야! 아무리 생각해도 좋은 수가 없나 본데, 그래, 이젠 정말 끝이야!

그럴 만도 한 게 흑의 손이 벌써 나가고 있었기 때문이다. 장, 저거, 보여, 이제 저 친구는 고민할 필요도 없다는 듯 거침이 없어. 지금부터는 바로 연속 공격을 퍼부을 거라고! 드디어 흑이 말을 집어 든다. 그런데…… 그런데…… 다들 심장이 순간적으로 멈춰 버리는 듯하다. 모든 합리적 예상과 달리 흑은 폰의 하찮은 공격을 피하려고 퀸을 집어 든 게 아니라 원래 계획에 따라 비숍을 G7으로 진출시켰기 때문이다.

구경꾼들의 눈이 어이없다는 듯 이방인에게로 향한다. 다들 외경심에 젖어 반걸음씩 뒤로 물러나며 다시 한번 이방인을 당혹스런 눈으로 바라본다. 천하의 퀸을 희생하고 비숍을

G7으로 진출시키다니! 그러면서도 어찌 저리 태연하고 도도하고 창백하고 무표정할 수 있을까! 자신감에 넘치는 손길은 또 얼마나 아름다운가! 구경꾼들은 눈가가 촉촉해지고 가슴이 따뜻해지는 것을 느낀다. 자신들은 그렇게 두고 싶지만 감히 두지 못하는 수를 이 젊은이는 한 치의 망설임도 없이 바로 실행에 옮기고 있지 않은가! 물론 젊은이가 왜 저렇게 두는지는 이해가 안 된다. 하지만 그런 건 아무래도 상관없다. 어쩌면 그들도 저 친구가 지금 목숨을 건 위험한 도박을 하고 있음을 예감하고 있을지 모른다. 그럼에도 이 젊은이처럼 두고 싶다. 저렇게 당당하고, 승리의 자신감에 넘치고, 나폴레옹처럼 영웅적으로 싸우고 싶다. 장처럼 소심하게 망설이듯이 질질 끌며 두고 싶지는 않다. 이유는 분명하다. 그들 자신이 실전에서는 장과 똑같이 두기 때문이다. 다만 장이 그들보다 더 잘 둘 뿐이다. 장의 게임은 이성적이다. 정석적이고 정연하면서도 상대의 진을 빼놓기에 충분할 만큼 질기고 무미건조하다. 반면에 흑은 한 수 한 수가 기적이다. 이방인은 비숍을 G7으로 진출시키려고 퀸을 아무렇지도 않게 희생하는데, 대체 그런 수를 어디서 볼 수 있겠는가? 그들은 이 행동에 가슴 깊이 감동한다. 이제 이방인은 자신이 원하는 대로 둘 것이고, 그들은 그의 그런 수를 하나하나 끝까지 따라갈 것이다. 그 과정이 황홀한 기쁨이든 쓰라린 고통이든 간에. 그는 이제 그들의 영웅이고, 그들은 그를 사랑한다.

냉정한 승부사인 장조차 떨리는 손으로 폰을 집어 상대 퀸을 잡으려고 하다가 이내 이 빛나는 영웅에 대한 두려움에서 잠시 머뭇거리더니 나직이 사죄하듯이 또는 자신에게 왜 이런 시련을 주느냐는 듯이 말한다.

「이렇게 퀸을 내주시겠다면…… 나도 어쩔 수 없이…… 뭐, 어쩔 수 없이…….」

장은 애원의 눈빛으로 상대를 바라본다. 그러나 상대는 돌부처 같은 표정만 지을 뿐 아무 대답을 하지 않는다. 결국 노인도 이제는 어쩔 수 없다는 듯, 정말 내키지 않지만 어쩔 수 없다는 듯 괴로운 표정으로 퀸을 친다.

순간 흑의 비숍이 바람처럼 움직이며 체크를 외친다. 백의 킹에게 직접적 위협을 가한 것이다! 구경꾼들의 감동은 이제 열광으로 바뀐다. 퀸을 잃은 건 이미 다들 잊은 듯하다. 오히려 이제는 모두 이 젊은 도전자 또는 흑의 비숍과 혼연일체가 된다. 백의 킹에게 체크! 자신들이라도 그렇게 두었을 것이다! 다른 수는 없다. 오직 이 수밖에 없다. 체크! 그런데 상황을 냉정하게 분석하면 백에게 이 체크를 막을 수가 많다는 것은 그들 역시 당연히 알 수 있지만, 누구도 그런 것에 관심을 보이지 않는다. 그들은 더 이상 냉정하게 분석하려 하지 않는다. 그들이 보고 싶은 건 찬란한 영웅적 행위,

즉 적을 일거에 무너뜨릴 기발한 공격과 강력한 일격뿐이다. 그렇다, 이 게임에 대한 그들의 관심과 목표는 오직 하나다. 낯선 젊은이가 저 늙은 챔피언을 무참히 짓밟고 승리하는 순간을 보는 것이다.

장은 머뭇거리면서 생각에 잠긴다. 자신이 이길 거라고 생각하는 사람이 없다는 건 본인도 느껴진다. 그런데 그 이유를 도무지 알 수가 없다. 다들 체스를 꽤 둔다는 인간들이 어떻게 이 상황에서 그의 우세를 모를 수 있는지 이해가 안 된다. 말의 전반적 배치도 그렇지만 자신에게는 퀸 하나와 폰 세 개가 더 많지 않은가? 이런데도 저들은 어떻게 자신이 진다고 생각하는 걸까? 이런 형세라면 질 수가 없다. 아닌가? 자신이 착각하는 것일까? 혹시 남들 눈에는 다 보이는데 자기 눈에만 안 보이는 것일까? 그는 불안해진다. 어쩌면 다음 수에서 벌써 자신을 완전히 옭아맬 치명적 덫이 준비되어 있을지 모른다. 대체 그 덫은 어디에 있을까? 무조건 피해야 한다. 이 난국에서 벗어나야 한다. 어떤 수를 써서라도 막아야 한다.

장은 더 한층 신중하게, 더 한층 머뭇거리며, 더 한층 소심하게 체스의 정석에 매달리며 숙고에 숙고를 거듭하다가 마침내 나이트를 빼내 킹과 비숍 사이에 두기로 마음먹는다. 이로써 흑 비숍은 백 퀸의 사정권 안에 든다.

그에 대한 흑의 응수는 거침없다. 흑은 진로가 막힌 공격을 중단하는 것이 아니라 오히려 지원군을 보낸다. 흑의 나

단 한 사람만
그리워하는 당신,
그러면 모두
떠나 버립니다.
와우!

이트가 공격받는 비숍을 엄호하고 나선 것이다. 관객들은 환호한다. 이제 서로 치고받는 치열한 접근전이 벌어진다. 백은 비숍을 원군으로 차출하고, 흑은 룩을 전진시킨다. 그러자 백은 다시 두 번째 나이트를 움직이고, 흑은 두 번째 룩을 동원한다. 양측은 흑의 비숍이 있는 곳으로 병력을 집결시킨다. 이로써 어차피 아무것도 할 수 없는 상태인 흑 비숍의 주변 일대가 격전지로 변한다. 이유는 아무도 모른다. 그저 흑이 원해서 그렇게 된 일이다. 관객들은 이제 흑이 계속 충돌을 격화시키고 새로운 장교[5]를 보강할 때마다 대놓고 환호성을 지르고, 백이 어쩔 수 없이 방어에 나설 때마다 노골적으로 불만의 목소리를 터뜨린다. 곧 흑은 체스의 정석에 어긋나게 서로 먹고 먹히는 자살 공격에 나선다. 그런 식의 난타전은 병력이 열세한 쪽에 결코 유리하지 않다는 게 교범의 기본 상식이다. 그럼에도 흑은 서로의 병력을 맞바꾸는 자살 행동을 멈추지 않고, 관객들은 열광한다. 일찍이 본 적이 없는 백병전이다. 흑은 사정권에 들어온 상대의 말을 가차 없이 쓰러뜨린다. 그 과정에서 아군도 똑같이 피해를 입지만, 그런 것은 안중에도 없다. 그 결과 폰이 차례로 쓰러지고, 룩과 나이트, 비숍도 장렬히 전사한다. 체스를 좀 안다고 하는 관객들의 열화와 같은 박수갈채를 받으면서 말이다.

일곱 번인가 여덟 번인가 그런 식으로 서로 말을 주고받고 나자 체스판이 휑하다. 전투 결과는 흑 쪽이 치명상을 입

5 체스에서 장교는 퀸, 룩, 나이트, 비숍을 가리킨다.

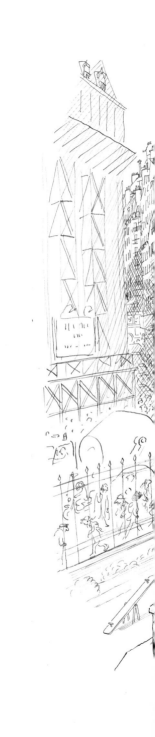

은 것으로 보인다. 남은 말은 겨우 세 개뿐이다. 킹과 룩 그리고 폰이다. 반면에 백은 이 아마겟돈의 혼돈 속에서 킹과 룩 외에 퀸 하나와 폰 네 개가 살아남았다. 현재 전세를 냉정하게 바라본다면 누가 이길지는 의심의 여지가 없다. 그러나 실제는…… 그렇지 않아 보인다. 관객들은 이 참사를 눈으로 뻔히 보면서도 자신들의 남자가 승리할 거라고 여전히 굳게 믿고 있는 듯하다. 그건 호전적 욕구로 벌겋게 달아오른 그들의 얼굴에서 선명하게 드러난다. 그들은 이 체스판의 승자에게 돈을 걸어야 한다면 수중에 있는 돈을 모두 이방인에게 걸 태세일 뿐 아니라 이방인이 질 것 같다고 누군가 슬며시 이야기라도 흘릴 것 같으면 득달같이 화를 내며 맞받아칠 기세다.

이방인의 태도 역시 태연하기 짝이 없다. 이 절망적 상황에서도 눈 하나 깜짝하지 않는다. 이제 그가 둘 차례다. 그는 차분하게 룩을 집어 들더니 오른쪽으로 한 칸 움직인다. 좌중에 다시 정적이 흐른다. 이 천재적 체스꾼에 대한 감복으로 다 큰 어른들의 눈에 실제로 눈물이 고인다. 이는 마치 나폴레옹 황제가 이미 한참 전에 승부가 결정된 전장으로 자신의 친위대를 보낸 워털루 전투의 최후와도 비슷해 보인다. 단 하나밖에 남지 않은 장교로 최후의 일전에 나선 것이다.

백은 킹을 1열의 G1에 두고, 폰 세 개를 킹 앞의 2열에 배치한다. 이로써 킹은 앞뒤로 꼼짝없이 갇힌 상태다. 만일 흑이, 그러니까 아까 룩을 움직인 것이 분명 그런 의도로 보이

는데, 그 의도처럼 실제로 적진의 1열로 밀고 들어가는 데 성공한다면 백의 킹은 치명적인 위험에 빠질 수 있다.

그런데 적을 이렇게 외통으로 몰아넣는 것은 체스를 두는 사람이라면 누구나 알고 있는 너무나 초보적인 수다. 그렇다면 이 수의 성공은 오직 상대가 명백한 위험을 감지하지 못하고 아무 대응을 하지 않았을 때나 가능하다. 대응 방법도 아주 간단하다. 일렬로 늘어선 폰의 틈을 열어 킹에게 피할 구멍만 마련해 주면 된다. 그렇다면 이런 꼼수로 노련한 체스꾼은 물론이고 웬만큼 두는 초보자를 외통으로 몰아넣으려는 시도란 참으로 가소로운 짓이 아닐 수 없다. 그러나 이미 마음을 빼앗겨 버린 구경꾼들은 마치 이런 수를 오늘 처음 보기라도 하는 것처럼 영웅의 수에 감탄을 금치 못한다. 심지어 무한한 경외의 표시로 고개를 절레절레 흔들기까지 한다. 물론 흑의 이 노림이 성공하려면 백이 심각한 실수를 해야 한다는 건 그들도 안다. 하지만 그들은 그런 일이 일어날 거라 믿는다. 그것도 장이, 그러니까 자신들 모두를 무릎 꿇리고 어떤 작은 허점도 섣불리 노출한 적이 없는 이 동네 체스 챔피언이 그런 초보적인 실수를 저지를 거라고 굳게 믿는다. 아니, 이것은 비단 믿음에 그치지 않는다. 그들은 그걸 간절히 바란다. 장이 제발 그런 실수를 하게 해달라고 정말 애타는 마음으로 기도하고 또 기도한다.

장은 생각에 잠긴다. 평소 모습 그대로 신중하게 고개를 갸웃거리면서 머릿속으로 수를 차근차근 읽기 시작한다. 그

러다 마지막으로 한 번 더 망설이더니 곳곳에 검버섯이 핀 손을 앞으로 뻗어 G2의 폰을 G3로 옮긴다.

생쉴피스 성당의 종탑 시계가 8시를 알린다. 뤽상부르 공원의 다른 체스꾼들은 이미 아페리티프를 먹으러 자리를 뜬 지 오래고, 나인 멘스 모리스[6] 보드판을 대여해 주는 가게도 벌써 문을 닫았다. 정자 한가운데에만 체스판을 마주한 두 승부사 주위에 구경꾼들이 모여 있다. 그들은 소처럼 멀뚱멀뚱한 눈으로 체스판을 내려다본다. 거기엔 이미 흰 폰에 의해 검은 킹의 패배가 확정되어 있다. 하지만 누구도 그것을 믿으려 하지 않는다. 그들은 체스판의 이 참담한 광경으로부터 여전히 창백하고, 무덤덤하고, 아름답고, 미동도 없이 의자에 앉아 있는 젊은 야전 사령관에게로 눈을 돌린다. 소처럼 멀뚱멀뚱한 사람들의 눈이 사령관에게 말하는 바는 이렇다. 〈당신은 아직 지지 않았어. 이제 기적을 일으켜 봐. 당신은 처음부터 이 상황을 예견했어. 이 모든 상황을 일부러 초래했다고! 그러니까 이제 적을 무찌를 수 있어. 방법은 우리도 몰라. 그걸 우리가 어떻게 알겠어? 우리 같은 일개 동네 체스꾼이. 하지만 당신은 달라. 슈퍼맨이라고! 기적을 일으킬 수 있어. 할 수 있다고! 우리를 실망시키지 마! 우린 당신을 믿어. 기적을 보여 봐. 당신은 슈퍼맨이야. 기적을 일으켜 단번에 역전시켜 보라고!〉

6 Nine men's morris. 로마 제국 시대에 만들어진 추상적인 전략 보드 게임.

젊은이는 여전히 미동도 없이 묵묵히 앉아 있다. 그러다 어느 순간 엄지와 검지, 중지를 이용해 담배를 빙빙 돌리더니 입에 물고 불을 붙인다. 이어 한 모금 깊숙이 빨고는 체스판 위로 연기를 쭉 내뱉는다. 그와 동시에 연기를 따라 손을 내밀어 검은 킹 위에서 잠시 멈추는가 싶더니 곧 킹을 쓰러뜨려 버린다.

패배의 표시로 이렇게 킹을 쓰러뜨리는 것은 몹시 무례하고 고약한 짓이다. 마치 판을 엎어 버리는 것이나 다름없다. 쓰러진 킹이 판에 부딪히면서 나는 흉측한 소리가 체스꾼들의 가슴에 비수처럼 꽂힌다.

젊은이는 킹을 능멸하듯 손가락으로 툭 쳐서 쓰러뜨린 뒤 상대 선수와 구경꾼들에게 인사는커녕 눈길 한번 주지 않고 일어나 가버린다. 멋쩍게 서 있던 구경꾼들의 얼굴에 창피함이 스쳐 지나간다. 그들은 어찌할 줄을 모르고 체스판만 내려다본다. 잠시 후 누군가 헛기침을 하자 다른 사람이 헛기침으로 답한다. 이어 공연히 발을 땅바닥에 대고 비비더니 담배를 꺼내 든다. 지금 몇 시나 됐지? 아, 벌써 8시 15분이야? 맙소사, 이렇게 늦은 줄 몰랐네! 다음에 봅시다! 잘 가슈, 장! 다들 한두 마디씩 변명을 웅얼거리더니 잽싸게 꽁무니를 뺀다.

이제 정자엔 체스 챔피언만 홀로 남아 있다. 그는 쓰러진 킹을 일으켜 세운 뒤 잡힌 기물부터 시작해서 체스판에 서 있는 기물들까지 차례로 작은 상자에 챙겨 넣는다. 그러면서

지금껏 늘 그래 왔던 것처럼 바로 전 판을 머릿속으로 하나하나 복기하기 시작한다. 당연히 실수는 없었다. 단 한 차례도 없었다. 그럼에도 지금껏 살아오면서 가장 형편없는 시합을 한 것 같다. 정상적으로 두었다면 초반에 진작 상대를 외통으로 몰아넣어 게임을 끝냈어야 했다. 퀸을 갬비트로 헛되이 허비해 버리는 그런 한심한 수를 두는 인간은 체스의 〈체〉 자도 모르는 신출내기가 분명했다. 지금까지 장은 그런 초보자들을 기분에 따라 어떤 때는 슬슬 봐주면서, 어떤 때는 인정사정없이 잔인하게 요리하곤 했는데, 어떤 경우든 때가 되면 한 치의 망설임 없이 신속하게 짓밟아 버렸다. 그런데 이번에는 달랐다. 상대의 진짜 약점을 간파하는 촉수가 작동하지 않은 게 분명했다. 아니면 자신이 너무 비겁했을까? 저 거만한 사기꾼 자식을 그에 걸맞게 간단하게 처치해 버릴 용기가 없었던 것일까?

아니다, 실상은 더 나빴다. 그는 상대가 그렇게 한심한 초짜라고는 차마 생각하고 싶지 않았던 것이다. 하지만 이보다 훨씬 더 나빴던 것은 판이 거의 끝나갈 무렵까지도 그 낯선 놈이 아예 자신의 상대가 되지 않는 인간이라고는 믿지 않으려 했다는 것이다. 그 인간의 자신감과 천재성, 젊은 패기는 절대 극복할 수 없을 것처럼 비쳤다. 그가 과도할 정도로 그렇게 신중하게 둔 것도 사실 그 때문이다. 그러나 이것만으로 그의 행동을 설명하기엔 충분치 않다. 솔직히 장은 이렇게 고백해야 한다. 그도 다른 이들과 다르지 않게 이방인에

게 경탄했고, 그와 함께 자신이 수년 전부터 그렇게 기다려
온 패배를 마침내 그 인간이 최대한 강렬하고 기발한 방식으
로 맛보게 해주기를 소망했다고 말이다. 그래야 자신은 언제
나 최고여야 하고 어떤 상대든 무너뜨려야 하는 짐을 벗어던
질 수 있고, 그래야 질투로 찌든 그 망할 놈의 구경꾼들에게
즐거움을 안겨 줄 수 있고, 그래야 스스로 평온해질 것 같았
기 때문이다.

어쨌든 그는 다시 승리를 거두었다. 그러나 이번 승리는
그의 삶에서 가장 역겨운 승리였다. 왜냐하면 그는 이 승리
를 피하려고 체스를 두는 내내 자기 자신을 부정하고 욕보였
고, 그로써 천하의 그 한심한 풋내기에게 항복 선언을 한 것
이나 다름없었기 때문이다.

체스 챔피언 장이 이 일로 무슨 커다란 정신적 깨달음을
얻은 것 같지는 않다. 다만 옆구리에 체스판을 끼고 손에는
기물 상자를 들고 집으로 터벅터벅 걸어가면서 분명히 깨달
은 것은 하나 있다. 오늘 실제로 패배한 사람이 자신이라는
것이다. 그것도 복수할 기회가 영영 없고, 미래의 어떤 빛나
는 승리로도 만회할 수 없기에 더더욱 비참하고 결정적인 패
배였다. 그래서 그는 평소에 무슨 거창한 결심을 하는 사람
이 아니었음에도 이날만큼은 한 가지 굳은 결심을 했다. 체
스를 영원히 그만두겠다고 말이다.

앞으로는 다른 퇴직자들과 마찬가지로 불[7] 게임이나 할

---

7 Boules. 금속 공을 작은 공 가까이로 굴리는 게임.

생각이다. 승부의 정신적 요소를 별로 요구하지 않는 마냥

즐겁기만 한 놀이를.

옮긴이의 말

멘털 싸움

몇 년 전 인간과 인공 지능 알파고의 바둑 대결이 있었다. 다른 게임은 몰라도 경우의 수가 무한대에 가깝다는 바둑에서까지 컴퓨터가 인간을 누르지 못하리라는 예상이 아직 팽배하던 시기였다. 그런 분위기를 반영하듯 바둑이 시작되자 인간계의 초일류 기사는 기계를 조금 얕잡아 보듯 두었다. 그래, 이건 어떻게 받나 보자, 하는 식이다. 그러나 시간이 갈수록 인간은 당황한다. 기계의 응수가 인간의 예상을 뛰어넘은 것이다. 게다가 감정 기복이 있을 리 없는 상대가 마치 거대한 바위벽처럼 느껴진다. 보통 인간끼리의 대결이라면 심리전도 승부에 상당한 변수로 작용한다. 그러나 기계는 어떤 상대건 어떤 상황이건 흔들리지 않고 냉정하게 자신의 게임을 풀어 나간다. 반면에 인간은 수가 보이지 않거나 형세가 절망적이면 괴로워하는 기색이 역력하다. 그건 승부에 좋지 않다. 그렇다면 감정을 드러내지 않는 기계와의 싸움은 이미 인간에게 불리한 게임이다.

승부를 실력 이전에 〈멘털 싸움〉, 즉 심리적 기(氣) 싸움이라고 하는 것도 그 때문이다. 상대를 대하는 정신적 자세나 경기 중의 감정적 태도가 승패에 영향을 끼친다는 말이다. 그럴 수밖에 없는 것이 인간은 감정적 동물이기 때문이다. 인간의 심리 상태는 평소에 갈고닦은 실력을 극대화할 수도 있고, 아니면 실력을 제대로 발휘하지 못하게 할 수도 있다. 예를 들어 승부에 너무 집착하거나 승리에 대한 중압감이 너무 크면 오히려 맥없이 무너지는 경우가 많다. 게다가 상대를 얕잡아 보는 것도, 상대를 너무 두려워하는 것도 승리에 도움이 되지 않는다. 그래서 평정을 유지하며 흔들리지 않는 자세로 싸움에 임하는 것이 승부사의 가장 훌륭한 태도다.

뤽상부르 공원 일대의 체스계를 주름잡던 장도 멘털 싸움에서 졌다. 그것도 체스의 기본도 제대로 모르는 완전 초보에게 말이다. 소설은 낯선 젊은이가 동네 챔피언에게 도전장을 내미는 것으로 시작한다. 그런데 도전자의 포스가 범상치 않다. 일단 말이 없다. 말이 많으면 가볍게 느껴지는 법이다. 거기다 세상 모든 일에 무심한 듯한 냉담함과 무표정한 얼굴, 범접하기 어려운 외모, 몸에 밴 침착함과 자신감, 이 모든 것이 어우러지면서 묘한 오라가 풍겨져 나온다. 동네 체스 챔피언 장도 이러한 오라에 압도되어 시작부터 바짝 긴장

한다. 이후 체스 상식에 어긋나는 상대의 이상한 수에도 머리를 싸매고, 아무 의미가 없는 수에도 혹시 무슨 함정이 있지 않을까 노심초사한다. 원래 실수가 없는 정석 플레이로 이 바닥을 제패한 장이지만 초반부터 도전자의 기에 눌려 판이 끝날 때까지 계속 끌려 다닌다. 평소의 그였더라면 이런 풋내기는 초반에 벌써 인정사정없이 작살을 내버렸을 터이지만, 이번에는 그러지 못한다. 상대에 대한 두려움이 만들어 낸 참사다. 그러다 마지막에 도전자가 외통수에 걸린 자신의 킹을 예의 없이 손으로 툭 쳐서 쓰러뜨리고는 아무렇지도 않게 일어나 가버리는 순간에야 저 인간이 아주 본데없는 초짜임을 알아차리지만, 때는 이미 늦었다. 승부에서는 이겼지만 멘털 싸움에서는 진 것이다.

장을 이런 식으로 내몬 데에는 구경꾼들도 한몫했다. 번번이 장에게 무릎을 꿇기만 하던 그들로서는 언젠가 저 챔피언을 완벽하게 짓밟아 줄 천재적인 고수가 나타나기를 내심 기다려 왔던 모양이다. 하긴 인물 면에서나 게임 스타일 면에서나 별 매력이 없는 사람이 제왕이라면 난세를 구해 줄 영웅을 기다리는 것은 인지상정이다. 그런 바람이 통했는지, 낯선 젊은이가 체스판 앞에 앉는 순간 다들 그의 예사롭지 않은 태도와 외모에서 카리스마와 오라가 한껏 풍겨져 나오는 것을 느낀다. 그런데 사실 인간 세계에서 카리스마나 오라는 당사자에게서 나오는 것이 아니라 대개 그런 인물을 기다리는 사람들의 동경과 갈망이 투영된 것일 뿐이다. 생각해 보라. 사이비 교주의 오라도 모두 신도들이 만들어 주는 것이 아니던가? 아무튼 다들 체스에 관해서는 한가락 한다는 사람들이었지만 그들 스스로 빚어낸 오라에 취해 도전자의 한 수 한 수를 모두 천재적 수로 여기고, 판이 끝날 때까지도 챔피언을 무참히 짓밟는 기적이 일어나기를 기대한다. 그러다 결국 도전자의 본색이 탄로 나자 그제야 이전의 행동들을 멋쩍어하며 하나둘 꽁무니를 빼고 만다.

번역을 하다 보면 작가와 싸울 때가 더러 있다. 뭐 이렇게까지, 혹은 이 정도밖에, 아니면 아까 했던 말 아냐, 하는 식이다. 그렇게 투덜거릴 바에야 아예 네가 글을 쓰지 하는 소리가 속에서 솟구치지만 나는 그럴 능력이 없고, 번역가로서 작가와 싸우면서 화해하는 숙명을 감사하게 여기며 사는 사람이다. 그러면서도 가끔 그런 갈등이 필요 없는 작품을 만나면 퍽 반갑다. 이 소설이 그랬다. 승부 호흡이 있다면 글쓰기 호흡도 있는데, 이 작품은 내적으로나 외적으로나 나와 호흡이 잘 맞았다. 내가 좋아하는, 능청스러운 해학이 돋보이는 성석제의 소설을 읽는 느낌이었다고 할까! 나는 번역 내내 상대에게 스스로 투영한 오라에 빠져 허우적대는 구경꾼들의 모습에서 피식피식 웃음을 흘렸고, 낯선 도전자의 오라에 눌려 줄곧 괴로워하는 승부사의 모습에서 진한 안타까움을 느꼈다. 거기다 유머러스하면서도 따뜻한 상페의 삽화

까지 더해지자 작품은 더욱 매력적으로 빛났다. 기억에 오래 남을 아주 반갑고 맛있는 한 끼 식사를 한 느낌이다.

지은이 파트리크 쥐스킨트 전 세계적인 성공에도 아랑곳없이 모든 문학상 수상과 인터뷰를 거절하고 사진 찍히는 일조차 피하는 기이한 은둔자이자 언어의 연금술사. 소설가 파트리크 쥐스킨트는 1949년 뮌헨에서 태어나 암바흐에서 성장했고 뮌헨 대학과 엑상프로방스 대학에서 역사학을 공부했다. 젊은 시절부터 여러 편의 단편을 썼으나 별다른 주목을 받지 못하다가 한 예술가의 고뇌를 그린 모노드라마 『콘트라바스』가 〈희곡이자 문학 작품으로서 우리 시대 최고의 작품〉이라는 극찬을 받으면서 알려지기 시작했다. 또한 평생을 죽음 앞에서 도망치는 기묘한 인물을 그려 낸 『좀머 씨 이야기』와 1천만 부의 판매 부수를 기록하며 유례없는 성공을 거둔 『향수』 등으로 독일을 대표하는 작가로 각인되었다. 두 명의 체스꾼을 중심으로 전개되는 『승부』는 삶의 축소판과 같은 이야기다. 늙은 고수이자 체스 챔피언인 〈장〉과 예기치 못한 포석과 공격으로 챔피언의 허를 찌르는 젊은 도전자의 한판 승부가 장자크 상페의 그림과 어우러져 더욱 흥미롭게 다가온다.

그린이 장자크 상페 가냘픈 선과 담담한 채색을 통해 인간의 고독한 모습을 서정적으로 표현하는 프랑스의 그림 작가. 1932년 보르도에서 태어난 상페는 르네 고시니와 함께 만든 『꼬마 니콜라』가 대성공을 거두면서 널리 이름을 알렸다. 다른 작품으로는 『랑베르 씨』, 『랑베르 씨의 신분 상승』, 『얼굴 빨개지는 아이』, 『자전거를 못 타는 아이』, 『진정한 우정』 등이 있으며 쥐스킨트와는 『좀머 씨 이야기』를 같이 했다.

옮긴이 박종대 성균관대학교에서 독어독문학과와 대학원을 졸업하고 독일 쾰른에서 문학과 철학을 공부했다. 지금껏 『그리고 신은 얘기나 좀 하자고 말했다』, 『악마도 때론 인간일 뿐이다』, 『9990개의 치즈』, 『군인』, 『데미안』, 『수레바퀴 아래서』, 『바르톨로메는 개가 아니다』, 『나폴레옹 놀이』, 『유랑극단』, 『목매달린 여우의 숲』, 『늦여름』, 『토마스 만 단편선』, 『위대한 패배자』, 『주말』, 『귀향』, 『콘트라바스』 등 많은 책을 번역했다.

승부

발행일 2020년 4월 20일 초판 1쇄

지은이 파트리크 쥐스킨트
그린이 장자크 상페
옮긴이 박종대
발행인 홍지웅 · 홍예빈
발행처 주식회사 열린책들

경기도 파주시 문발로 253 파주출판도시
전화 031-955-4000 팩스 031-955-4004
www.openbooks.co.kr

Copyright (C) 주식회사 열린책들, 2020, *Printed in Korea.*
ISBN 978-89-329-2026-9 03850

이 도서의 국립중앙도서관 출판예정도서목록(CIP)은 서지정보유통지원시스템 홈페이지(http://seoji.nl.go.kr)와 국가자료공동목록시스템(http://www.nl.go.kr/kolisnet)에서 이용하실 수 있습니다.(CIP제어번호:CIP2020011915)